Éste es Jorge. Vivía en el zoológico.

Era un monito bueno y siempre muy curioso.

Quería averiguar qué había más allá del zoológico.

Un día, cuando el guardián estaba distraído, Jorge logró agarrar la llave de la jaula.

H. A. REY

traducido por Yanitzia Canetti

Jorge el Curioso

encuentra trabajo

Houghton Mifflin Company Boston

Cuando el guardián se dio cuenta de lo ocurrido,
ya era demasiado tarde: ¡Jorge se había escapado!

5

¿DÓNDE ESTABA JORGE?
Lo buscaron por todas partes.

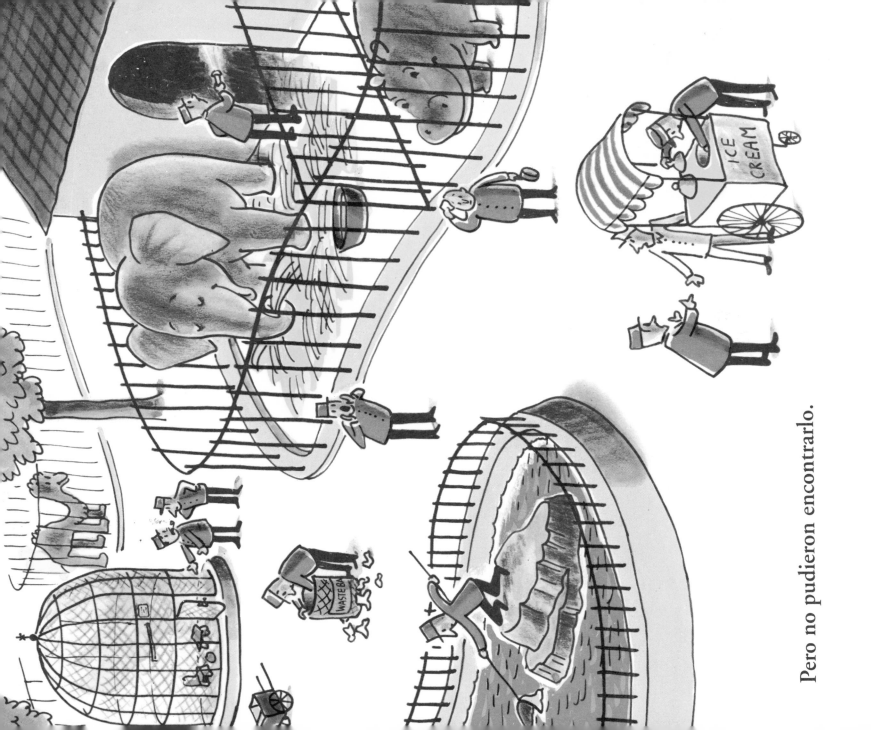

Pero no pudieron encontrarlo.

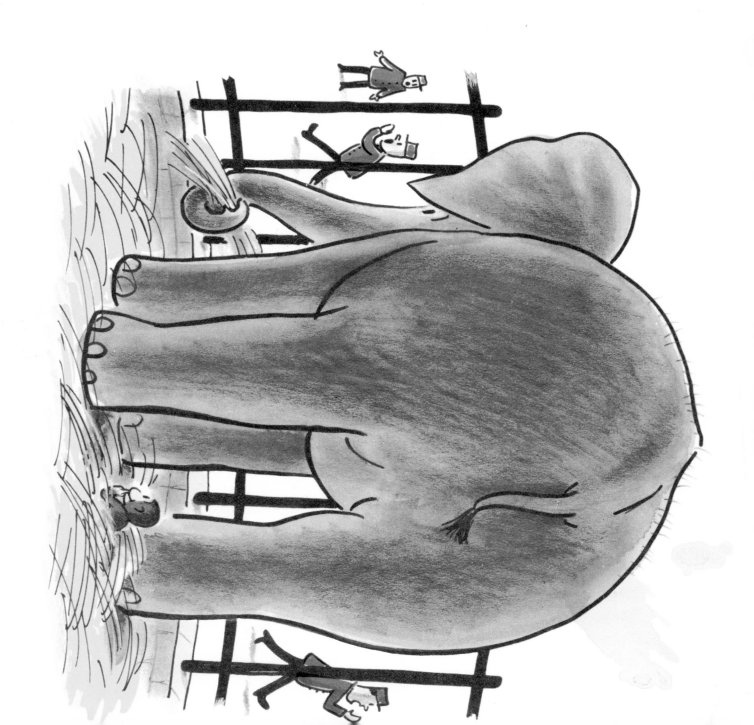

Jorge estaba escondido en el heno de su amigo, el elefante.

Por fin los guardianes dejaron de buscarlo.

Jorge encontró un lugarcito cómodo para dormir debajo de la oreja derecha del elefante y, a la mañana siguiente, antes de que el zoológico abriera, se fue con cuidado.

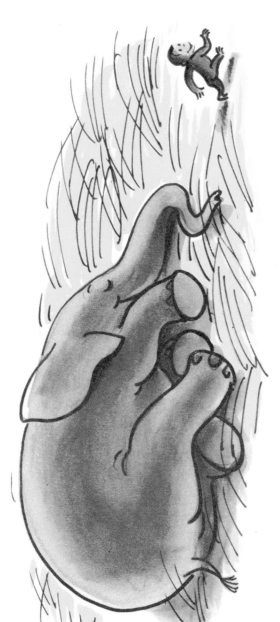

Una vez en la calle, Jorge se sintió un poco asustado.
¿Qué debía hacer en la gran ciudad? Tal vez debía buscar
a su amigo, el hombre del sombrero amarillo, quien
lo había traído de África hacía mucho tiempo. Sólo que
Jorge no sabía dónde vivía.

Había un autobús parado en la esquina. Jorge nunca había montado en uno. Rápidamente se trepó a una farola, saltó encima del autobús y se fueron todos.

Ahora estaban justo en
de la ciudad. Había tanto
Jorge no sabía hacia dónde
¡Cuánto le gustaría ir montado

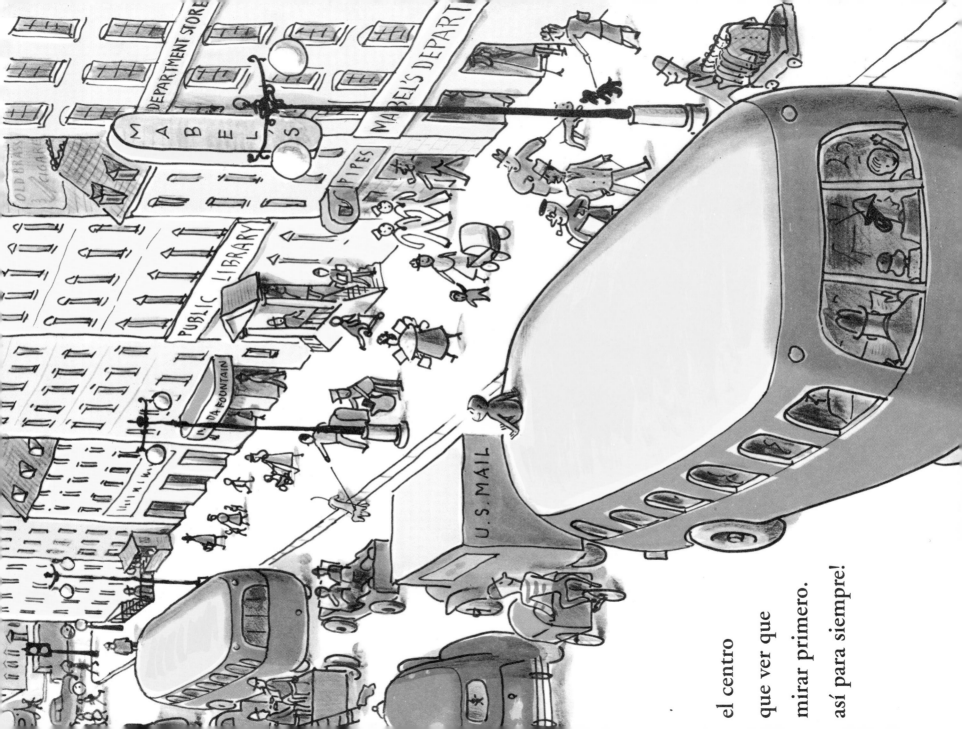

el centro

que ver que

mirar primero.

así para siempre!

Pero después de un rato se sintió cansado y un poco mareado. Cuando el autobús disminuyó la velocidad para doblar en una esquina, Jorge saltó.

Había un restaurante justo enfrente de él. Mmm, ¡algo olía delicioso! De repente, Jorge sintió mucha hambre.

La puerta de la cocina estaba abierta y Jorge entró.

En la mesa había una olla grande. Y, por supuesto, Jorge sentía curiosidad. Él tenía que averiguar qué había dentro...

Cuando el cocinero regresó, se llevó una gran sorpresa.

Había espaguetis por todas partes y en el medio de éstos, ¡había un monito!

Jorge se había comido yardas y yardas de espaguetis y se había quedado enrollado en éstos.

El cocinero era un hombre bondadoso y no lo regañó mucho. Pero Jorge tenía que limpiar toda la cocina y luego lavar todos los platos. ¡Caramba, y había un montón de platos! El cocinero observaba a Jorge. —Tienes suerte de tener cuatro manos —le dijo—. Puedes hacer las cosas doblemente rápido.

—Tengo un amigo a quien
le podría ser útil un pequeño
ayudante como tú para limpiar
ventanas. Si quieres, te puedo
llevar con él.

Así que bajaron al subterráneo,
y tomaron un metro hacia las afueras para llegar a casa del amigo
del cocinero, quien trabajaba como ascensorista en un rascacielos.

—¡Claro que me puedes ser útil! —le dijo el ascensorista a Jorge—. Te daré lo que necesitas para hacer este trabajo. Puedes comenzar ahora mismo. Pero recuerda, estás aquí para limpiar ventanas. No importa lo que esté haciendo la gente dentro de su casa. No seas curioso o te verás en un aprieto.

Jorge prometió portarse bien, pero a los monitos a veces se les olvida...

Jorge estaba listo para empezar. ¡Caramba, cuántas ventanas había! Pero Jorge lo hacía rapidísimo, gracias a que usaba sus cuatro manos. Saltaba de ventana en ventana igual como saltó alguna vez de árbol en árbol en la jungla africana.

Por un rato, Jorge se mantuvo concentrado en su trabajo y no le prestó ninguna atención a la gente que había adentro. Por supuesto que estaba curioso pero no olvidaba su promesa.

En un cuarto, un niñito
lloraba porque no quería
comer sus espinacas. Jorge
ni siquiera lo miró, sino
que siguió concentrado en
su labor.

En otro cuarto, un
hombre tomaba una siesta
y roncaba. Jorge lamentó
que no se tratara de
su amigo, el hombre del
sombrero amarillo. Se
quedó un rato escuchando
aquel simpático ruidito y
luego regresó a su trabajo.

Pero, ¿qué estaba pasando aquí? Jorge paró de trabajar y pegó su nariz a la ventana. Dos pintores estaban trabajando adentro. Jorge estaba fascinado. ¡Pintar parecía mucho más divertido que limpiar ventanas!

Los pintores ya estaban a punto de irse a almorzar. En el mismo instante en que salieron, Jorge se metió de un brinco.

24

¡Qué maravillosas pinturas y brochas tenían! Jorge no

se pudo resistir...

Una hora después, los pintores volvieron. Abrieron la puerta y se quedaron allí parados, con la boca abierta. La sala completa se había convertido en una jungla con palmas por todas las paredes

y una jirafa y dos leopardos y una cebra. ¡Y un monito estaba muy ocupado pintándose en una de las palmas!

¡Entonces los pintores se dieron cuenta de lo ocurrido!

Por suerte, Jorge estaba cerca de una puerta. Salió corriendo tan rápido como pudo. Tras él corrían los dos pintores, luego el ascensorista y luego la señora que vivía en aquel lugar.

—¡Ay, mi adorable sala, mi adorable sala! —se lamentaba

la señora—. ¡No lo dejen escapar!

Jorge se escabulló por la escalera de incendios.

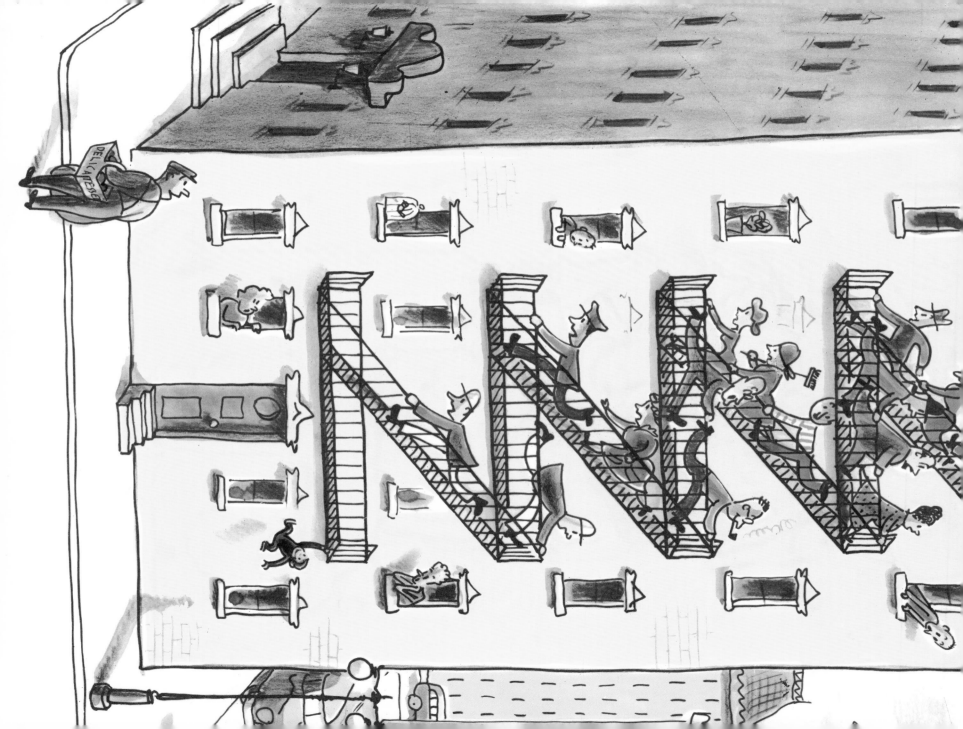

Jorge logró llegar al final de la escalera de incendios.

Los demás no habían logrado alcanzarlo aún.

Ésta era su oportunidad. ¡Ellos no podían saltar!

Pero Jorge sí podía saltar fácilmente y escapar.

¡En un momento estaría a salvo!

¡Pobrecito Jorge! Había olvidado que el pavimento era tan duro como una piedra… no como la suave hierba de la jungla.

¡Qué malo! Con la caída se rompió una pata y una ambulancia tuvo que llevárselo al hospital.

—¡Le tocó lo que se merecía! —dijo la mujer—. ¡Mira que convertir mi apartamento en una jungla!

—¡Le dije que se metería en problemas! —añadió el ascensorista—. Era demasiado curioso.

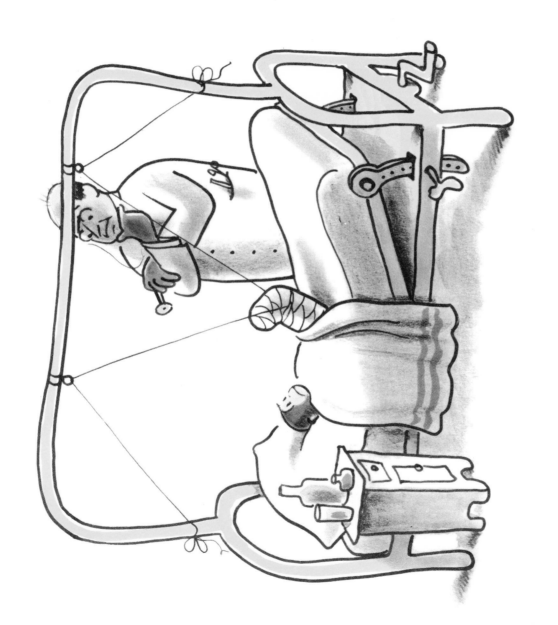

Jorge tuvo que quedarse en cama con su pata en alto dentro de un yeso. Se sentía muy infeliz.

¡Y tan bien que había empezado todo! Si no hubiera sido tan curioso, se habría divertido mucho.

Ya era demasiado tarde...

Pero a la mañana siguiente el amigo de Jorge, el hombre del gran sombrero amarillo, fue a comprar su periódico. De repente, sintió una gran emoción. "¡Es Jorge!", gritó cuando

34

lo vio en la fotografía de la primera plana. Leyó rápidamente toda la noticia y luego corrió a una cabina telefónica para llamar al hospital.

—¡Soy el amigo de Jorge! —le dijo a la enfermera que contestó el teléfono—. Por favor, cuídelo mucho para que se recupere pronto. Quiero llevarlo a un estudio de filmación y hacer una película sobre su vida en la jungla. No deje que haga ninguna otra travesura hasta que pueda llevármelo de allí.

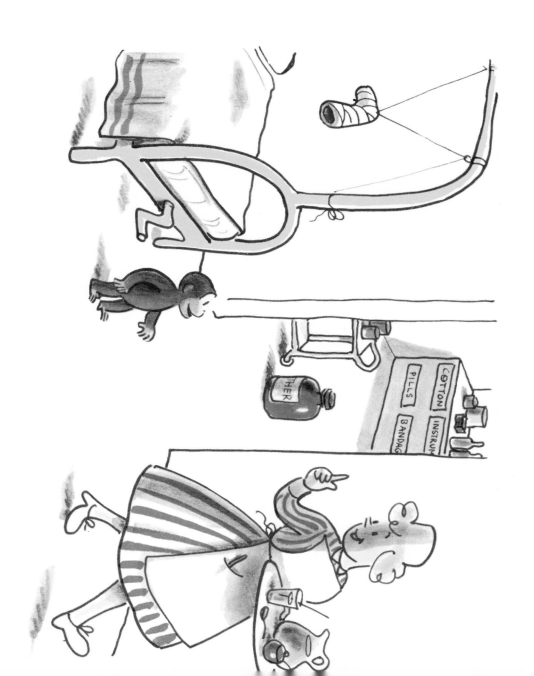

Por fin llegó el día en que Jorge pudo volver a caminar.

—Tu amigo va a venir a buscarte en la mañana —dijo la enfermera—. Sólo tienes que esperarlo aquí. ¡No vayas a tocar nada!

Tan pronto como Jorge estuvo solo, miró a su alrededor todas las extrañas cosas del hospital. "Me pregunto qué habrá dentro de esa gran botella azul", pensó.

¡Olía raro!

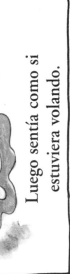

Luego sentía como si estuviera volando.

Entonces todo se puso oscuro...

Jorge estaba muy curioso.

De repente su cabeza comenzó a girar.

Después, campanitas y estrellas bailaban ante sus ojos.

¡Y así fue como el hombre del sombrero amarillo encontró a Jorge cuando fue por él! Ellos lo levantaron y lo sacudieron pero no lograron despertarlo. Estaba tan profundamente dormido que por fin decidieron ponerlo

¡BAJO LA DUCHA!
¡Qué sorpresa se llevó cuando despertó!

Jorge les dijo adiós a la enfermera y al amable doctor. Luego él y el hombre del sombrero amarillo se subieron al carro y se dirigieron al estudio de filmación.

En la oficina del presidente, Jorge tuvo que firmar un contrato. ¡Ahora era un actor de cine!

En el estudio, Jorge estuvo tan ocupado todo el tiempo que se olvidó de ser curioso. Le gustaba la jungla que habían hecho para él, y era feliz jugando allí.

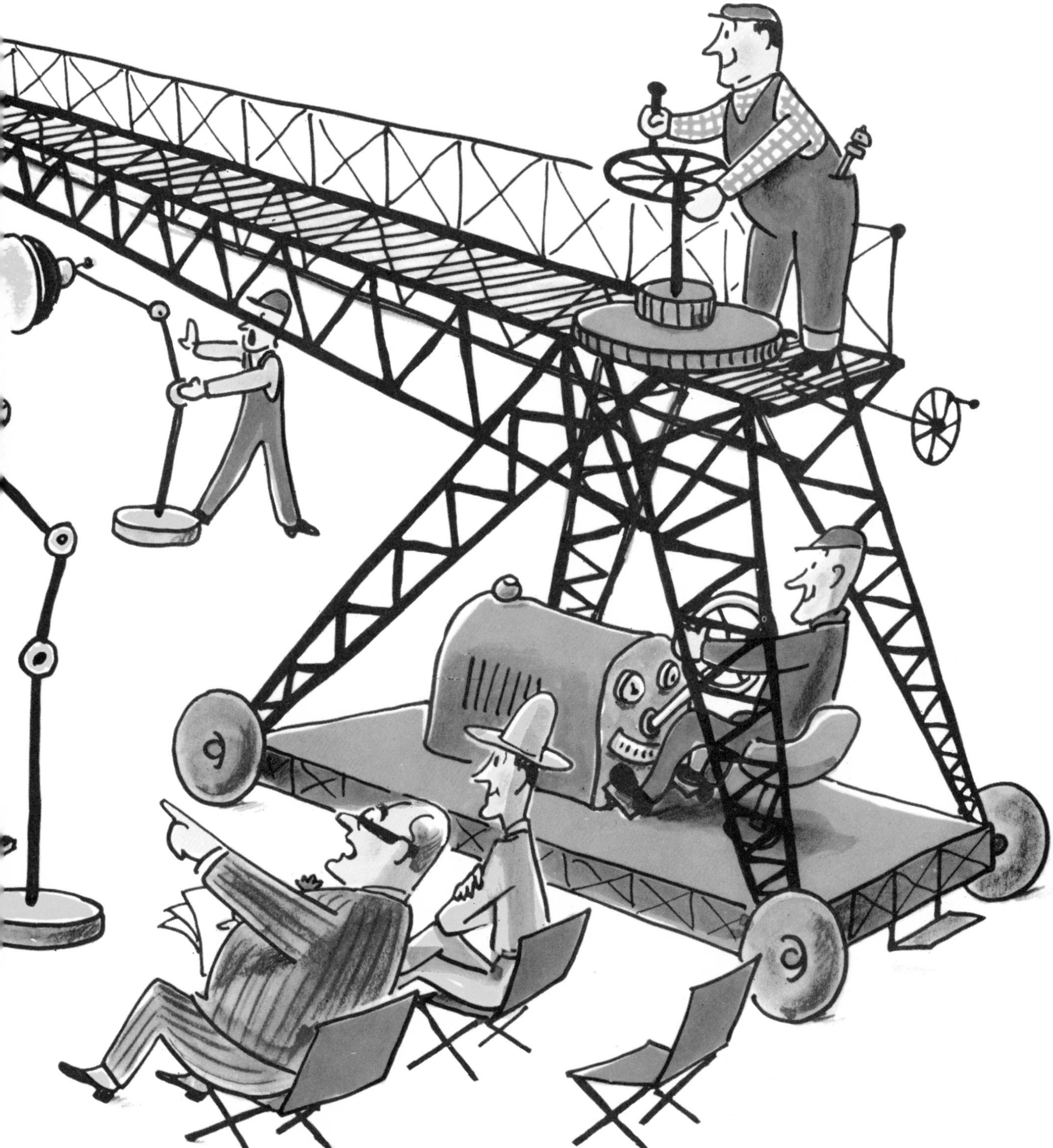

Y cuando se terminó de rodar la película, Jorge y sus amigos fueron invitados a verla: el doctor y la enfermera y el conductor de la ambulancia y el hombre del estanquillo y la señora y el ascensorista y los dos pintores y el cocinero y el periodista y todos los guardianes del zoológico.

Entonces se apagaron las luces y la película comenzó.

—¡Éste es Jorge! —empezó la voz—.

Vivía en la jungla.

Era un monito bueno pero

tenía sólo un defecto: ¡era demasiado curioso!

Fin

47